Pour tout contact avec l'auteur de ce livre :

enricocouedelo@gmail.com

Toute ressemblance avec des faits et des personnages existants ou ayant existé serait purement fortuite et ne pourrait être que le fruit d'une pure coïncidence.

Écrit en collaboration avec Sébastien Chafoulais
www.parlerdemavie.fr

Édition : BoD · Books on Demand, 31 avenue Saint-Rémy, 57600 Forbach, bod@bod.fr
Impression : Libri Plureos GmbH, Friedensallee 273, 22763 Hamburg (Allemagne)
ISBN : 978-2-3225-7851-1
Dépôt légal : Juin 2025

Copyright © 2025, Christophe Legal
Tous droits réservés

Ma vie d'homme harcelé

Christophe Legal

Au moment de ma naissance, le 22 février 1978, on ne peut pas dire que j'étais un enfant fortement désiré. Les services sociaux avaient été alertés dès la grossesse de ma mère de son intention répétée de m'abandonner. Leurs rapports, que j'ai pu découvrir plus tard, en dressent un portrait peu flatteur. Ils estiment qu'elle est distraite, passive, et renonce facilement à ses résolutions. Quant à mon père, en plus de le présenter comme une personne peu équilibrée et agressive, ils assurent qu'il est incapable d'assurer sa double responsabilité, aussi bien pour aider son épouse que pour élever ensuite un enfant. Tous les deux s'étaient connus dans un hôpital psychiatrique, et visiblement ce sont mes grands-parents qui ont alerté les services sociaux, car ils étaient inquiets.

Une fois venu au monde, j'ai donc été placé en pouponnière, puis confié à la charge d'une nourrice, que j'appellerais bientôt Tata Irène, avec son mari Tonton Yves. Mes grands-parents, eux, n'avaient pas la possibilité de s'occuper de moi, car ils avaient déjà la charge de mon grand frère et de ma grande demi-sœur, ce qui représentait une lourde responsabilité. Le hasard voudra, plusieurs années plus tard, que le chemin de cette famille d'accueil croise celui de ma famille naturelle : mon tonton Yves travaillait aux Pompes funèbres et c'est lui qui, un jour, allait ramasser mon père dans la rue, alcoolisé.

Je n'ai pas de souvenirs de mes premières années, mais je sais qu'elles se sont bien déroulées. Les rapports de la DDASS me décrivent comme un garçon heureux et en pleine forme, et j'ai sans doute reçu beaucoup d'amour, puisque le couple qui prenait soin de moi a réalisé une demande d'adoption. La personne qui gérait ma prise en charge, cependant, a préféré les en dissuader. C'était la première fois qu'ils avaient un enfant en nourrice, et elle leur a expliqué qu'ils ne pouvaient pas craquer ainsi pour les petits dont ils avaient la garde. Sinon, ils allaient souffrir chaque fois qu'ils recevraient un nouveau nourrisson, et il leur serait impossible de continuer à travailler comme famille d'accueil. Au bout de trois ans, on m'a donc retiré de chez eux pour me placer en adoption.

Mes parents adoptifs, Mr et Mme Legal, ne pouvaient pas avoir d'enfant, car Roger, le mari, avait des problèmes de testicules, et Bernadette, l'épouse, s'était fait opérer des ovaires. Ils avaient déjà adopté un autre enfant auparavant, qui avait 6 ans et s'appelait Marc, et au moment de renouveler cette expérience ils auraient préféré recevoir une fille. Seulement, on ne laissait pas aux futurs parents la possibilité de choisir. C'est moi qu'on leur a proposé, et ils ont accepté.
Je me suis installé chez eux à Sixt-Fer-à-Cheval, dans les Alpes, mais assez rapidement j'ai eu des problèmes avec celui qui était devenu mon frère. Jaloux, sans doute, de ne plus être enfant unique, il faisait tout ce qui était en son pouvoir pour me pourrir la vie, le plus souvent bien sûr en cachette des parents. Parmi les crasses qu'il

m'infligeait, je me souviens par exemple qu'il me faisait me mettre à genoux, pour faire partir dans ma direction une petite voiture à friction... sauf que sans me le dire il plaçait une aiguille à l'avant, et qu'elle venait s'enfoncer dans mon genou à pleine vitesse ! Ou bien il allumait un pétard et le jetait à l'intérieur de ma chemise... Pendant les repas, il lui arrivait aussi de s'amuser à renverser un verre, afin de faire croire ensuite que c'est moi qui avais eu cette maladresse, et que je me fasse gronder et reçoive une claque. Ses mauvais traitements n'ont jamais cessé, et même une fois qu'il était adolescent, il lui arrivait de me bloquer sur le canapé, avec ses amis, pour me faire des chatouilles jusqu'à ce que je fasse pipi dans ma culotte... Je me souviens également qu'il m'obligeait régulièrement à lui donner de l'argent, afin qu'il puisse s'acheter des cigarettes.

J'y reviendrai plus tard, mais je peux déjà annoncer que le caractère de Marc ne s'est pas arrangé avec le temps, bien au contraire. Une fois adulte, il s'est transformé en une personne agressive, passionnée d'armes à feu, et ayant des problèmes avec la drogue... ainsi qu'avec la justice et l'ensemble du voisinage et de la famille ! Le moment viendra ensuite, dans ce livre, pour raconter cela...

Mes parents ne se rendaient compte de rien, et dans l'ensemble ils me traitaient bien. Tous les deux étaient très pieux, et aimaient régulièrement aller à l'église. Ils étaient aussi plutôt austères, cherchant en permanence à dépenser le moins possible, afin d'économiser. Pourtant, ils n'étaient pas pauvres. Cela, parfois, était un peu compliqué pour moi, car il était difficile de les convaincre de m'acheter des vêtements, et ceux-ci n'étaient jamais de marque. Les autres enfants ou adolescents portaient aux pieds des Nike ou des Reebok, et moi des tennis trouvées au supermarché.

Mon premier souvenir, d'ailleurs, a un lien avec leur obsession pour dépenser le moins possible : les premières vacances qui me sont restées en mémoire, nous sommes partis avec la caravane… à quatre kilomètres seulement de là où nous habitions ! Je me sentais mal chaque fois que je croisais un camarade de classe, en promenade dans le coin, qui me demandait ce que je faisais là. Comment expliquer sans paraître ridicule que j'y étais en vacances, à quelques minutes à peine de chez moi ? À force de se priver, toutefois, je dois reconnaître que mes parents adoptifs sont parvenus à économiser beaucoup d'argent.

J'avais six ans quand ma mère m'a appris que j'avais été adopté. Je me souviens très bien que je prenais un bain, au moment où elle m'a raconté cela. Cela m'a étonné, bien sûr, mais pas forcément marqué. J'ai enregistré l'information, sans lui donner une grande importance. Ce n'est que bien des années plus tard que cette question allait devenir primordiale pour moi, et que j'allais vouloir rencontrer mes parents naturels. Mais cela aussi, je le relaterai ultérieurement dans ce récit !

Pour le reste, nous menions une vie assez paisible et agréable. Parmi les moments que j'appréciais, il y avait les parties de palet avec mon père. Nous passions également beaucoup de temps avec la famille (nombreuse) de mes parents. Mon père avait dix frères et sœurs, et ma mère cinq ! Les voir occupait donc une bonne partie des week-ends !

Une fois inscrit au collège, j'ai dû endurer un autre type de harcèlement que celui auquel m'avait accoutumé mon frère Marc. Assez vite, un groupe de quatre garçons de ma classe a pris l'habitude de me racketter, ce qui m'a mis dans une situation bien compliquée. En effet, j'avais trop peur pour en parler à qui que ce soit, et il me fallait donc me débrouiller pour obtenir l'argent que ces agresseurs me réclamaient, sans rien dire à personne. J'allais voir ma mère pour lui demander dix francs, pour la kermesse par exemple, puis j'allais voir mon père, en prétendant qu'elle ne m'avait rien donné. Parfois, bien entendu, je ne parvenais pas à récolter les pièces de monnaie dont j'avais besoin, et cela me stressait énormément. Puisque je savais que c'était dans le car que ces élèves allaient me réclamer mes sous, il m'arrivait de ne pas y monter. Je devais alors appeler mon père, depuis une cabine téléphonique, pour qu'il vienne me chercher en voiture. Et après cela, j'avais droit à ses reproches pour avoir trop traîné et raté le car, sans pouvoir me défendre étant donné que je n'osais pas lui dire la vérité…

Je n'étais pas le seul à être racketté, et nous étions deux ou trois dans ce cas-là. Au bout d'un moment, n'en pouvant plus, j'ai fini par en parler au délégué de classe, qui lui-même l'a répété à la professeure principale. Celle-ci, ensuite, s'est donc exprimée devant la classe pour expliquer le problème, sans citer les noms des personnes concernées, et elle a averti que les agresseurs avaient intérêt à rembourser au plus vite l'argent qu'ils avaient volé, s'ils ne voulaient pas en souffrir les conséquences. J'ai récupéré 50 francs, alors que j'avais donné le double, mais au moins ces pratiques ont pris fin, et j'ai pu être soulagé.

Cependant, le harcèlement ne passait pas seulement par cette rançon d'argent. Au quotidien, ces élèves trouvaient d'autres moyens de me rendre la vie impossible. Par exemple, ils s'amusaient à jeter tous mes cahiers au-dessus de l'escalier, ce qui m'obligeait à aller les rechercher en bas et arriver en retard en cours. Cette ambiance horrible a fait que, une fois passé et obtenu le brevet des collèges, je n'ai plus désiré continuer mes études. J'aurais sans doute eu les capacités pour le faire, et j'avais des résultats suffisamment bons pour cela, mais je ne souhaitais plus subir ce genre de menaces et d'humiliations. J'étais trop dégoûté par ce que j'avais enduré, et j'ai donc décidé de me mettre dans une voie d'apprentissage.

Je savais que je voulais me tourner vers l'apprentissage, mais je n'avais pas forcément un métier précis en tête. Aussi, pour avoir une idée d'orientation, je me suis rendu avec mes parents à une journée Portes ouvertes du lycée d'Évian. Là-bas, les différents métiers de bouche étaient réunis : charcutier, boucher, boulanger... mais d'autres également comme mécanicien. En passant devant le stand des boulangers, j'ai senti l'odeur des croissants, très agréable, et c'est cela qui m'a poussé à choisir cette voie. Toutefois, on nous expliquait très peu de choses sur ces professions, et j'ai donc pris ma décision sans trop me rendre compte de ce qu'elle impliquait. Si j'avais su quels étaient les horaires de travail d'un boulanger, par exemple, ce n'est peut-être pas cela que j'aurais sélectionné. C'est un travail très dur !

Une fois engagé dans cette voie, en tous cas, il m'a fallu chercher un patron, pour réaliser mon apprentissage. J'en ai trouvé un à 6 kilomètres de chez moi, et je devais y passer trois semaines par mois, et la dernière semaine au lycée. Le premier mois, tout s'est à peu près bien passé chez mon employeur. Toutefois, il m'imposait des horaires non conventionnels, puisque je devais travailler tous les jours, sans le moindre repos. Or, la loi m'en accordait deux par semaine. Après que je m'en suis plaint auprès d'eux, mes parents ont convoqué à la maison mon patron, pour lui en parler, et ils se sont tous mis d'accord pour que je puisse avoir mes lundis. Hélas, quand je me suis présenté à mon travail le lendemain, j'ai eu une bien mauvaise surprise : mon patron était très en colère contre moi, et il m'a d'abord reproché d'être une balance, avant de se mettre à me taper dessus. C'est là qu'ont débuté mes ennuis avec lui...

Depuis le début, je devais réaliser des tâches qui n'avaient pas grand-chose à voir avec mon apprentissage. Sur mes horaires de repos à la boulangerie, mon patron m'obligeait à soigner les poules, les pigeons, les chiens, ou à retirer les mauvaises herbes du jardin. Puis, une fois que je me suis plaint à mes parents de devoir travailler tous les jours, j'ai commencé à régulièrement recevoir des coups de sa part. Dès que je commettais la moindre erreur, souvent plusieurs fois dans la journée, il me frappait les doigts avec la balayette. Cela créait des hématomes, que je tentais de dissimuler dans ma famille en prétendant que j'étais tombé. Mais le médecin, lui, croyait que c'était mes parents qui me maltraitaient.

Bientôt, cependant, ce sont des actes bien plus graves qui ont été perpétrés. Lors d'une discussion, mon patron a appris que ma verge n'était pas décalottée. Il m'a assuré que ce n'était pas normal, et a pris un gobelet d'eau chaude pour me nettoyer le sexe après l'avoir décalotté, puis il m'a dit de le faire régulièrement chez moi. Ça n'a été que le début, hélas. Un peu plus tard, il est passé à d'autres pratiques, plus terribles. Une ou deux fois par semaine, dès que je commettais une erreur, il me faisait monter dans une petite pièce à l'étage, et là, il me pénétrait avec le manche à balai pendant cinq à dix minutes. Il lui arrivait aussi de saisir mes testicules par l'arrière, entre les jambes, et de tirer dessus, au point qu'un des deux testicules a gonflé, et que j'ai dû ensuite me faire opérer. C'était ignoble. Je reviendrai plus tard là-dessus, mais je peux déjà annoncer que la justice, quand je l'ai saisie des années plus tard, a été très loin de se montrer à la hauteur !

Ces mauvais traitements ont duré tout le long de mon apprentissage, pendant deux longues années. Je n'étais qu'un adolescent, et j'avais peur de dire quoi que ce soit, tant je redoutais la punition qui immanquablement me serait imposée par mon patron. J'éprouvais une grande angoisse vis-à-vis de lui. C'est cela, mais également la panique à l'idée de devoir tout raconter pour me justifier, qui m'a empêché aussi de mettre fin à cet apprentissage. Au bout de ces deux années réglementaires, j'ai obtenu mon BEP, mais j'étais totalement dégoûté du métier.

Après mon BEP, le service militaire obligatoire m'a permis de me changer les idées. Je m'y suis senti tout de suite très bien, au point que je l'ai prolongé d'abord de huit mois, puis de six mois supplémentaires. J'étais recruté dans la Marine, et cela m'a permis de beaucoup voyager, tout en exerçant sur les bateaux comme boulanger, et aussi dans la restauration et comme infirmier. J'en suis sorti en étant médaillé, et il m'arrive de regretter de ne pas m'être engagé dans l'armée après cela. Si j'avais fait ce choix, en effet, je serais déjà à la retraite aujourd'hui !

Le travail au quotidien, cependant, était assez dur. J'étais le seul boulanger, et tout l'équipage me réclamait chaque jour des croissants ou des pains aux raisins. J'imposais donc comme condition qu'on me laisse effectuer correctement ma sieste et, dans ce cas, je préparais des viennoiseries le matin. En vingt mois de service, j'ai pu me rendre dans énormément de pays : l'Irlande, l'Estonie, la Lituanie, la Lettonie, l'Allemagne, l'Espagne, la Norvège, la Finlande, la Pologne, le Maroc, le Togo, le Bénin, le Cameroun, le Gabon, le Sénégal, la Guinée… C'était formidable de voyager ainsi !

Après tout ce que j'avais vécu au collège puis en apprentissage, j'étais bien heureux également de ne plus subir le moindre harcèlement. Certes, j'ai dû endurer comme les autres le traditionnel bizutage lorsqu'on a franchi pour la première fois la ligne de l'Équateur, mais pour le reste j'ai pu rester tranquille. Ce qui m'a empêché de m'engager dans l'armée, où je me sentais si bien, est le fait de tomber amoureux. Une fois que j'ai eu une copine, en effet, il n'était plus envisageable pour moi de passer ma vie en mer...

Une fois revenu de la Marine, triste d'abandonner cette structure où je me plaisais, mais heureux de pouvoir vivre avec celle qui deviendrait plus tard ma première épouse, j'ai repris le métier de boulanger. Au début, c'est en couple que nous nous sommes mis à faire la saison, l'hiver, dans les stations de ski. Cela impose des horaires très durs, avec de lourdes charges de travail. Je devais bosser tous les jours, sans le moindre repos ! Ludivine, ma compagne, travaillait dans la même commune, comme serveuse dans une pizzeria. Au bout de trois ou quatre mois de ce rythme effréné, nous sommes allés à Chambéry, où mon père adoptif avait eu connaissance d'un poste qui se libérait.

Après quelques semaines dans cette boulangerie, toutefois, j'ai découvert quelque chose qui ne m'a pas beaucoup plu... mon nouveau patron était marié avec la sœur de mon patron d'apprentissage, c'est-à-dire l'homme qui m'avait violé ! Ils étaient beaux-frères ! Si j'avais su cela avant l'entretien d'embauche, je ne me serais évidemment jamais présenté, mais il était désormais trop tard... Surtout que j'étais parvenu à ce que Ludivine soit employée comme vendeuse à son tour. Nos deux salaires dépendaient donc du même établissement.

Malheureusement, sans aller jusqu'à me faire subir les sévices que j'avais connus avec le premier, ce chef était loin d'être exemplaire, lui aussi. Il était très dur, et abusait de nous au niveau du temps de travail. Sur nos cinq semaines réglementaires de congés, par exemple, nous devions en passer trois dans la boutique pour la nettoyer de fond en comble. Cela n'avait rien à voir avec les vacances qui nous étaient dues ! Quant à mes horaires, ils dépassaient largement tout cadre légal : je commençais à 1 h du matin et terminais à 16 h. Autrement dit, je n'avais même pas le temps de réaliser des nuits complètes ! Moi, j'étais encore tout nouveau dans le monde professionnel, et je ne savais pas qu'il était important de noter mes heures, ce qui me transformait en une proie facile. Et par ailleurs, mon patron étant agressif et violent, je n'osais pas m'opposer à lui, de peur qu'il ait recours à la force. Lui, en tous cas, en a bien profité. Quand plus tard, au bout de cinq ou six ans je partirais, il serait obligé de recruter deux ouvriers et un apprenti pour me remplacer.

Quand j'ai su qu'il était le beau-frère de l'homme qui m'avait violé, j'ai hésité et ai fini par lui en parler. Hélas, il a été loin de me soutenir, et au contraire il m'a menacé, en m'affirmant que tant que je travaillerais pour lui, il était hors de question que j'aille porter plainte. Sinon, il me le ferait payer très cher…

Au final, je suis resté bien plus longtemps que je l'aurais voulu chez cet employeur, car il parvenait à me tenir par la peur. Les rares fois où j'osais lui dire que je n'en pouvais plus et que je songeais à démissionner, il me prenait par le col, avec puissance, et me prévenait que jamais je ne pourrais renoncer à mon poste. Et pour ne rien arranger, nous vivions avec ma femme en sous-location dans l'appartement situé au-dessus de la boutique, ce qui nous empêchait de partir discrètement. Nous étions coincés ! Parfois, mon père me demandait pourquoi je ne quittais pas ce travail, et la seule réponse que je pouvais lui donner était que j'avais peur qu'il me frappe. C'est terrible, mais c'est la vérité. J'étais terrorisé par la violence de cet homme, ainsi que par ses Rottweilers…

Mes souffrances étaient telles, cependant, qu'avec ma compagne nous avons enfin décidé de mettre fin à tout cela. Et comme nous étions paralysés par la crainte des conséquences, nous nous y sommes pris en cachette. Après nous être bien organisés, nous avons loué un van que nous avons amené en pleine nuit devant chez nous. En deux heures, nous avions vidé tout notre appartement et disparu sans laisser de trace. Ce n'est que le lendemain matin, en constatant que le pain n'avait pas été préparé, que mon patron a découvert que j'étais parti. Affolé, il a d'abord appelé mes parents, puis la maman de Ludivine, chez qui, sans qu'il le sache, nous nous étions réfugiés. Ma belle-mère, au téléphone, ne s'est pas démontée : « Vous les avez trop emmerdés, ils ne reviendront plus ! » Mon patron a alors essayé de négocier et d'arranger nos conditions de travail, mais elle n'a rien voulu entendre. Ensuite, nous avons contacté la CGT, qui nous a bien épaulés pour monter un dossier et réclamer l'argent qui nous était dû, du fait de nos horaires de travail non réglementaires et du refus de nous accorder les congés légaux. Sans même avoir besoin de passer par les tribunaux, cela nous a permis de toucher une indemnité qui ne remboursait pas tout ce qu'on nous devait, mais au moins une partie. Cela nous a aussi ouvert le droit au chômage.

Après cette période difficile, je n'avais plus aucune envie de travailler en boulangerie. Les deux patrons que j'avais eus, pour des raisons différentes, s'étaient comportés de manière tellement abominable qu'ils m'avaient dégoûté du métier. Je préférais maintenant devenir salarié d'une grande entreprise, pour ne plus être soumis aux caprices d'un seul homme. Je me suis donc fait engager dans une usine de cochons, où j'étais plus tranquille. Je m'y sentais à l'aise, malgré le froid, et je me suis bien adapté aux cadences très rapides. En effet, mes nombreuses années en boulangerie m'avaient appris à travailler vite, et à être efficace. Peu de temps après avoir débuté, j'en ai profité pour me faire opérer du pied. Après avoir reçu un fort coup dessus, à l'époque où j'étais boulanger et où on ne m'avait pas laissé prendre de repos ni me faire soigner, une grosse bosse m'était restée, et il fallait retirer une couche de calcium pour que je puisse marcher correctement.

En même temps que je travaillais dans cette usine, et bientôt également dans d'autres appartenant au secteur agroalimentaire, j'ai commencé à faire des heures comme pompier volontaire, ce qui a duré trois ans, et j'ai passé pour cela tous les diplômes nécessaires. C'est par le biais du frère de ma femme, qui était pompier, que j'y suis entré, et j'ai tout de suite beaucoup aimé cette activité.

Parallèlement, tout s'est arrangé également du

point du logement. Après avoir fui la boulangerie, nous étions hébergés par ma belle-mère, mais il nous était difficile de trouver un appartement. Un triste hasard a fait, cependant, que la maison que possédait mon père adoptif, dans le lieu-dit Les Hameaux, à Morillon, se libère. Son locataire, malheureusement, venait de perdre la vie dans un accident de la route. C'était une nouvelle terrible, dont nous nous serions bien passés, mais en ayant une maison disponible, mon père a décidé de nous la louer. Nous avons donc pu y emménager.

Désormais en couple, avec un travail qui se déroulait bien et une maison, il ne me restait plus que deux pas à franchir pour jouir enfin d'une vie normale et heureuse sous tous rapports... C'est ainsi que, le 11 août 2004, nous nous sommes mariés à l'église, Ludivine et moi, et que le 8 mai 2005 est né notre fils, Sébastien ! Les dures années étaient loin derrière nous ! La fête de mariage, toutefois, a été gâchée par mon frère Marc. Il était prévu qu'il reprenne la chanson « Manhattan-Kaboul », de Renaud et Axel Red, avec Sandrine, la sœur de Ludivine. Lui devait être à la guitare et elle à la voix. Comme d'habitude, hélas, Marc a pété un plomb et il a mis à mal l'ambiance jusque-là joyeuse. Au final, personne n'a chanté la chanson...

Ensuite, j'ai été très heureux de devenir papa, et soulagé au passage de constater que j'étais fertile, car j'avais peur de ne pas pouvoir procréer suite à mon opération des testicules.

Malheureusement, certaines complications sont arrivées très vite avec ma belle-famille. Il se trouve que celle-ci insistait pour voir l'enfant en permanence, et que ni Ludivine ni sa mère ne me permettaient de l'emmener pour rendre visite à mes parents. Encore aujourd'hui, quand je regarde les albums photos de ces années, c'est toujours avec ses grands-parents maternels que l'enfant apparaît, et jamais avec les paternels ! Cette situation, bien sûr, ne me plaisait pas, d'autant plus que, pour l'emmener en voiture, nous passions devant la maison des Legal sans nous arrêter, et que, lorsque nous revenions, il était trop tard, puisqu'ils étaient couchés. Je m'en suis plaint à mon épouse à de multiples reprises, mais elle se justifiait en expliquant que ma mère n'avait jamais eu d'enfant à elle, et qu'elle était donc incapable de changer les couches. À part cela, heureusement, nos relations maritales étaient plutôt bonnes.

Au cours des années où j'avais travaillé en boulangerie, précédemment, je m'étais retrouvé dans une situation de blocage, concernant le viol que j'avais subi lors de mon apprentissage. En effet, c'est le beau-frère de mon agresseur qui m'embauchait, et il m'avait formellement interdit de porter plainte contre ce premier patron, tant que je travaillais pour lui. De plus, il était très ami avec les gendarmes locaux, au point que parfois il obtenait d'eux qu'ils me fassent des blagues, comme celle de m'arrêter en voiture, avec un air menaçant, quand j'étais sur le chemin du travail en pleine nuit. Il était donc impensable de me présenter devant eux pour aller porter plainte contre le beau-frère de leur compère. Ils auraient évidemment classé cela sans suite, voire trouvé le moyen de retourner cette affaire contre moi.

Désormais que j'avais coupé ces liens professionnels, il me devenait enfin possible de recourir à la justice pour cette agression qui avait été très dure à vivre. Ludivine, en tous cas, m'y a fortement encouragé, ainsi que sa mère. Mes parents, eux, ne savaient pas trop quoi me conseiller, et mon père, une fois qu'il a découvert ce qui s'était passé, était surtout perturbé par le fait que je ne lui avais rien dit à l'époque. J'ai donc dû lui expliquer que j'avais eu peur de ce que de tels aveux auraient pu déclencher, notamment si j'avais dû continuer mon apprentissage alors que mon patron savait que j'avais parlé.

Après réflexion, j'ai finalement décidé de franchir le pas, et de me présenter devant les gendarmes. Toutefois, plus de cinq ans s'étaient écoulés depuis les faits, et je n'étais pas certain d'être encore dans les temps. Pour l'occasion, étrangement, j'ai reçu un appui important de mon frère Marc. Non seulement, il m'a répété à plusieurs reprises que je devais porter plainte, dès qu'il a su ce que j'avais subi, afin de me venger, mais c'est également lui qui m'a accompagné le jour où je suis allé témoigner. Avec le recul, je comprends que s'il s'est mis à mes côtés à cette occasion, c'est principalement à cause de son côté agressif et vengeur. Il était ravi, en effet, d'avoir une bonne opportunité d'en faire baver à quelqu'un. Hélas, d'ailleurs, il a pris cette question sans doute trop à cœur, ce qui au final a joué en ma défaveur. Une fois que j'ai porté plainte, il a harcelé à plusieurs reprises mon patron d'apprentissage, laissant des messages menaçants sur son répondeur, ou tentant de se faire passer pour le procureur ou des gendarmes, afin de le pousser à avouer.

L'accusé, bien entendu, a transmis les enregistrements au procureur. C'était loin d'être idéal pour défendre mes intérêts !

En parlant d'intérêts, en tous cas, mon but n'était absolument pas de gagner de l'argent avec cette histoire. Je l'ai d'ailleurs bien expliqué aux gendarmes : ce qui me motivait était de constater que mon violeur était puni pour ce qu'il m'avait infligé, mais pas d'en tirer un profit personnel. Plus que de recevoir un virement sur mon compte, je désirais le voir derrière les barreaux pour la durée que le juge considérerait appropriée.

Déposer plainte, en racontant tous les détails sordides de ce que j'avais enduré, a évidemment été une expérience difficile. Cependant, j'avais confiance en la justice, et considérais que cela en valait la peine. Après mon dépôt de plainte, d'ailleurs, le procureur a accompli son travail, en auditionnant toutes les personnes qui pouvaient aider à confirmer, ou pas, mes propos. Il a même appelé à témoigner d'autres apprentis passés après moi chez mon premier patron. Ceux-ci, hélas, n'ont pas pu étayer ma déposition, car ils ont expliqué que l'homme qui était accusé était dur et facilement irritable, mais qu'il aimait son métier et qu'ils ne l'imaginaient pas commettre de tels actes. Eux, en tous cas, n'avaient rien subi de semblable. Le hasard a fait, d'ailleurs, que plus tard, dans une usine où je travaillais, j'ai eu pour collègue l'un de ces anciens apprentis qui avait dû témoigner pour l'enquête. Il a jugé préférable, cependant, de ne pas m'en parler.

Comme je le craignais, hélas, le temps qui s'était

déroulé depuis les faits a beaucoup compliqué l'enquête, et le procureur a considéré qu'il manquait des éléments de preuve pour démontrer les agressions dont j'avais été victime. Dans un réflexe désespéré, j'ai écrit au président de la République (Nicolas Sarkozy, à l'époque) et à divers médias, mais aucun de mes efforts n'a abouti. J'ai aussi consulté un avocat, qui m'a confirmé que, au vu de la durée qui s'était écoulée depuis tout cela, mes chances de faire condamner mon agresseur étaient très faibles, et que ça ne valait pas la peine d'insister. Je suis sorti de cette expérience, comme on peut s'en douter, extrêmement déçu. J'avais l'impression que personne ne voulait écouter ma souffrance, et que mon patron d'apprentissage, finalement, était blanchi, comme si rien ne s'était passé.

Entretemps également, à l'époque où je travaillais encore à Chambéry en boulangerie, j'avais été pris d'une certaine curiosité par rapport à ma famille naturelle. Un jour où, en ayant mon carnet de santé en main, j'avais remarqué que mon nom apparaissait au-dessus d'une couche de Tippex, ma femme m'a dit : « Et pourquoi tu ne grattes pas ? Peut-être tu verras ton vrai nom inscrit en dessous… » Et effectivement, j'ai suivi son conseil et découvert mon patronyme original, Pascalini. J'avais 22 ans à ce moment-là, et ça a été un grand choc ! Ensuite, j'ai appelé la DDASS, pour avoir des informations sur mon parcours d'adoption. Ils m'ont alors transmis tout le dossier.

Quand j'ai raconté cela à mon patron, et qu'il a constaté que j'hésitais à partir à la rencontre de ma famille biologique, maintenant que j'en connaissais les noms, il m'a expliqué qu'il était important que je me présente à eux. Il a alors pris l'initiative de m'emmener chez ma grand-mère paternelle, à l'adresse qu'on m'avait donnée. Lui qui était très loin d'être sympathique habituellement s'est donc bien porté avec moi, ce jour-là.

Nous avons pris sa voiture et nous sommes allés jusque chez ma grand-mère. Là, en voyant que j'avais peur et que je n'osais pas sortir du véhicule, c'est lui qui s'est rendu vers elle, qui se trouvait dans le jardin. Et en me désignant, il lui a demandé : « Il vous rappelle quelqu'un ? Il est né en 1978… »

— Oui, c'est mon petit-fils !
— Si vous voulez le voir, il est dans la voiture…

Ma grand-mère, avant de venir à ma rencontre, a préféré aller se changer, car sur le moment elle était dans sa blouse de travail de fermière. Et une fois correctement habillée, elle m'a rejoint. Une fois que nous avons fait connaissance, elle m'a confié que mon frère, Johnny, vivait à côté, et que si je le souhaitais, on pouvait l'appeler. Quand il est arrivé à son tour pour nous retrouver, il s'est mis à pleurer, dans le jardin. Tous les deux, pendant plusieurs années, avaient tenté de partir à ma recherche, mais l'administration avait refusé de leur donner la moindre information à mon sujet. C'était une grande joie pour eux de m'avoir enfin à leurs côtés, surtout en ce qui concerne Johnny et notre demi-sœur Sheila, que j'ai rapidement connue elle aussi.

Johnny était plutôt taiseux, alors que Sheila était plus communicative, mais nous n'avons pas beaucoup parlé ensemble. Pour ma part, j'étais intrigué en découvrant leurs conditions de vie. Ils devaient se débrouiller avec très peu d'argent, alors que moi, une fois adopté, j'avais vécu dans une famille qui n'avait pas de souci économique, même si elle dépensait peu afin d'économiser. C'était fou de constater de cette manière à quel point mon existence aurait été différente, si je n'avais pas été adopté.

Je ne serai jamais assez reconnaissant, par ailleurs, vis-à-vis de mon père adoptif, Roger Legal, tant je trouve extraordinaire sa réaction en apprenant tout cela. Beaucoup de parents adoptifs, dans une situation comme celle-ci, se seraient effrayés, ou bien en auraient voulu à leur enfant en le voyant partir en quête de ses origines. Lui, au contraire, était convaincu que c'était important pour moi, et il m'a offert un appui formidable en m'accompagnant jusqu'à la maison de retraite où résidait ma mère biologique, aux Meurisiers, pour que je fasse sa connaissance. Une fois sur place, avec calme, il m'a expliqué qu'il m'attendrait sur le parking, dans la voiture, et que je pouvais prendre tout mon temps, sans me presser. Son attitude a vraiment été exemplaire !

Ma conversation avec la femme qui m'a mise au monde a été plutôt limitée. Elle était atteinte de troubles mentaux, et il était clair qu'elle ne comprenait pas grand-chose. À vrai dire, c'est à peine si elle se souvenait d'avoir un autre fils, Johnny, qu'elle a pourtant mieux connu… Elle m'a simplement dit en me regardant qu'elle avait fait un bel enfant, mais je voyais qu'elle ne me reconnaissait pas. Mon père biologique, lui, était décédé, alcoolique, et le hasard avait fait que c'est mon père nourricier qui l'avait ramassé dans la rue.

En découvrant ma famille d'origine, j'ai voulu organiser une rencontre avec ma famille d'adoption, sans Marc bien entendu. Mon père, Roger Legal, m'avait déjà démontré qu'il était prêt à cela, en revanche ce n'était pas si évident pour ma mère adoptive, Bernadette. Elle avait beaucoup de mal à accepter ces retrouvailles, qui sans doute lui faisaient peur, et je n'ai donc pas pu lui présenter mon frère et ma demi-sœur biologiques. Quant à ma mère naturelle, elle n'était de toute façon pas en état de comprendre quoi que ce soit à ce genre de situation. Depuis, elle réside dans un EHPAD spécialisé. J'ai gardé le contact avec Johnny et Sheila, et nous nous voyons environ une fois par an, en été. Il nous arrive également de nous passer des petits coups de téléphone de temps en temps, notamment pour les anniversaires et les fêtes.

J'étais plutôt tranquille à l'usine où j'étais salarié, et très satisfait de mes conditions de travail. Je me sentais respecté, et j'appréciais de ne pas avoir de chefs directs trop désagréables. Toutefois, Ludivine avait d'autres projets en tête, pour elle aussi bien que pour moi, et elle a commencé à insister pour que nous ouvrions ensemble notre propre boulangerie. Au départ, j'ai refusé avec fermeté, car après tout ce que j'avais subi, entre les agressions répétées de mon patron d'apprentissage puis les gros abus du patron suivant, je ne voulais plus entendre parler de ce métier. Trop de mauvais souvenirs y étaient associés, et m'en avaient dégoûté. De plus, j'appréciais beaucoup d'être pompier volontaire, et je savais que les contraintes horaires, si je redevenais boulanger, m'empêcheraient de continuer.

Ludivine, cependant, a beaucoup insisté sur le fait que nous serions bien mieux sans aucun chef sur le dos, au point que j'ai fini par céder. Nous avons donc commencé à visiter des locaux de boulangeries, jusqu'au jour où nous en avons trouvé une qui nous convenait. Elle était située dans un village et n'avait pas eu jusque-là de résultats mirobolants, car son patron était loin de beaucoup s'efforcer. À condition de bien travailler, toutefois, elle offrait un bon potentiel. De plus, il était question à l'époque d'un projet de grosse usine, à côté, qui aurait apporté un grand trafic de voitures. Et de toute façon, en boulangerie, le succès dépend surtout de la qualité de notre travail. Un bon professionnel, s'il produit du bon pain, parvient généralement à augmenter son chiffre d'affaires.

Le bail en question, cependant, souffrait de quelques désavantages. Pour commencer, il dépassait de 10 000 euros le budget dont nous disposions. Mon père, alors, a su nous apporter une précieuse aide, puisqu'il nous a proposé de nous prêter cette somme-là, même si dans les faits il nous l'a plutôt offerte. Le second inconvénient était la vétusté des lieux, qui nous obligeait à réaliser quelques travaux, et à actualiser le matériel, afin de travailler dans de bonnes conditions. Pour donner un exemple, le four fonctionnait encore au fuel, ce qui rendait inévitable de le changer. Quant au dernier obstacle, il était sans doute le plus contraignant : la boutique et le fournil n'étaient pas situés dans la même bâtisse, mais à 150 mètres de distance l'un de l'autre. Cela obligeait à amener les produits, une fois cuits, en fourgonnette. En plus d'être peu pratique, c'était une perte de temps. Pour le reste, toutefois, l'affaire semblait plutôt prometteuse, et nous nous sommes donc lancés.

Avant de démarrer l'exploitation de notre commerce, il m'a été nécessaire, par ailleurs, de me former à la pâtisserie. En effet, pour atteindre un bon chiffre d'affaires, il est hors de question de ne vendre que du pain. Ce sont souvent les gâteaux qui parviennent à générer du bénéfice. Or, c'est toujours en tant que boulanger que j'avais œuvré, mais jamais comme pâtissier. Je devais donc apprendre les bases de ce métier. Et pour ne rien arranger, soit dit en passant, j'avais en horreur la sensation du sucre venant se coller sur les mains après qu'on l'a manipulé, ce qui était loin de m'encourager à me lancer dans les desserts ! Mais j'ai pris sur moi, je n'avais pas le choix. Connaissant le patron d'une boulangerie, dans la région, qui travaillait très bien, je lui ai proposé de réaliser un stage de trois à quatre mois chez lui, gratuitement, afin d'acquérir à ses côtés les savoirs et la pratique dont j'avais besoin. Cela s'est d'ailleurs révélé une excellente décision, puisqu'il était un excellent professionnel, et qu'il a obtenu ensuite le titre de meilleur boulanger de France !

Après cette expérience, j'étais prêt à me lancer, et nous avons ouvert avec Ludivine notre boulangerie. Et je dois avouer que, malgré les réticences que j'avais depuis le début par rapport à cette idée, j'ai tout de suite apprécié de retrouver cette profession, maintenant que je n'avais plus de patron sur le dos. J'y prenais du plaisir, et nos ventes ont vite comblé nos attentes, nous faisant largement dépasser (de 30 %!) le chiffre d'affaires de notre prédécesseur. Tout allait pour le mieux !

Nous étions contents, avec Ludivine, de constater que notre projet tenait la route, et que nous étions capables de bien nous en sortir. Malheureusement, au bout d'un certain temps, des complications se sont glissées dans notre couple. Tout d'abord, c'est une dispute entre ma belle-mère et moi qui a créé une première difficulté. Depuis que nous étions ensemble avec mon épouse, je souffrais de l'omniprésence de la mère de celle-ci. Non seulement, nous devions toujours aller la voir, au détriment de mes parents adoptifs, mais en plus, une fois que nous avons eu la boulangerie, elle s'est de plus en plus imposée chez nous. Si bien qu'un jour, à l'époque de Noël et en constatant qu'elle avait envahi notre frigo, j'ai lâché à voix haute : « Mais elle se croit chez elle ? » Et comme elle m'a répondu avec affront, je l'ai remise à sa place : « Il va falloir commencer à fermer ta gueule ! » Je ne suis pas très fier, avec le recul, d'avoir réagi ainsi, mais je crois que cet emportement et cet excès de langage étaient le résultat de l'agacement croissant que je sentais à son égard. J'avais l'impression de ne plus être chez moi, et je commençais à ne plus supporter cette situation. Par ailleurs, les fêtes de Noël mettaient mes nerfs à vif : pourquoi est-ce que c'était toujours avec ma belle famille qu'on les célébrait, et jamais avec mes parents adoptifs ? J'étais frustré. Cependant, les mauvaises relations avec ma belle-mère, après ce clash, ont eu des répercussions sur mon couple. Ludivine n'aimait pas que je m'entende mal avec sa famille.

C'est également à l'occasion des fêtes de Noël qu'un autre événement, bien plus grave, a énormément compliqué mes relations avec mon épouse. J'avais l'habitude, depuis que j'avais ouvert la boulangerie, de collaborer régulièrement avec le commercial d'une société de farine, qui venait de temps en temps préparer le pain avec moi, pour me faire découvrir de nouvelles farines, et qui organisait ensuite des dégustations pour les clients, dans la boutique. Or, cet homme était pâtissier de formation, et à l'approche du réveillon, je lui ai fait une proposition : était-il d'accord pour travailler ponctuellement pour moi, pendant le mois de décembre, afin de réaliser les bûches ? Il a accepté, et sur le moment je n'ai pas deviné que je venais de faire entrer, comme on dit, le loup dans la bergerie...

Je ne pourrais pas dire que je n'avais aucun doute sur la fidélité de Ludivine. Depuis quelque temps, en effet, j'avais une certaine intuition, qui me laissait penser qu'il y avait peut-être quelqu'un dans sa vie, même si rien ne venait me le prouver. Le week-end, par exemple, alors que j'avais un programme très chargé au fournil, elle mettait l'enfant en garde chez sa mère et allait en boite pour s'amuser avec ses copines... ou plus précisément avec Franck, ce fameux commercial en qui je déposais toute ma confiance ! J'étais loin de me douter alors de ce que ces deux-là faisaient dans mon dos ! Et quand il était dans la boutique, pour ses démonstrations, je ne pouvais pas garder l'œil sur eux, puisque dans le même temps j'étais coincé au fournil. Sans que je le sache, donc, leur relation est devenue de plus en plus sérieuse, et lorsque j'allais enfin le découvrir, il ne serait plus possible d'y changer quoi que ce soit...

Une situation étrange s'est progressivement mise en place, dans notre couple. Au bout de 4 ans avec le commerce à notre compte, Ludivine a commencé à me dire qu'elle avait des doutes sur notre relation, et qu'elle se demandait parfois si elle m'aimait encore. Et en parallèle, elle ne cessait de me presser de vendre la boulangerie, en m'expliquant qu'elle était fatiguée par tout le travail qu'elle impliquait. Et c'est là que Franck, sans que je le comprenne au début, s'est mis à jouer un double jeu. Nous parlions ensemble d'un peu tout, lui et moi, et il se permettait donc de me donner des conseils : « Pourquoi tu ne vends pas ta boulangerie, si ta femme te dit qu'elle en a marre ? Ça vous aidera à partir ensuite sur de meilleures bases, et améliorer vos relations. » J'ai réfléchi un moment à l'idée de racheter les parts de Ludivine et engager une vendeuse pour la remplacer, mais je n'en avais clairement pas les moyens.

Ne pouvant résister seul, surtout en sachant que Ludivine ne souhaitait de toute façon plus continuer avec la boulangerie, j'ai finalement accepté de la vendre. Et après plusieurs visites, un couple a décidé d'en devenir acquéreur. Et c'est là que j'ai découvert qu'un plan avait été monté dans mon dos. Dès notre bien vendu, mon épouse m'a fait demander de l'aide à mon père, pour qu'il vienne avec sa remorque charger nos meubles et nos objets personnels, afin de les emmener chez ma belle-mère. Et une fois qu'elle avait tout récupéré, elle m'a annoncé qu'elle avait décidé de divorcer, qu'elle restait dorénavant chez sa mère, et qu'elle était amoureuse de Franck ! Nous étions maintenant séparés, et j'étais mis devant le fait accompli !

Pour régler à l'amiable notre séparation, nous avons fait appel à un avocat, qui nous a permis de trouver un accord. À l'issue de celui-ci, je devais verser une pension, et je n'obtenais la garde de Sébastien qu'un week-end sur deux. Ensuite, une fois que j'aurais trouvé du travail dans une autre boulangerie (j'y reviendrai plus tard), c'est le mercredi, mon jour de repos, que je l'aurais avec moi. Tout cela, bien sûr, était frustrant, et je souffrais de ne voir mon fils que si peu de temps. Heureusement, j'ai au moins pu parvenir à ce que Ludivine me rembourse la moitié de la somme que nous avait prêté mon père pour ouvrir notre boutique.

Pour ne rien arranger, après avoir divorcé et vendu la boulangerie, je me retrouvais sans logement, et je suis donc revenu vivre chez mes parents. Une fois adulte, c'est loin d'être facile de devoir leur obéir à nouveau, et de se soumettre à leurs horaires de repas, par exemple, mais aussi à leurs reproches lorsqu'ils constatent que vous ne travaillez pas encore… Pour prendre un peu l'air, après toutes ces tristes aventures, j'ai eu avec mon frère Marc (il venait de se séparer de son épouse en même temps que moi), l'idée de partir ensemble pour un petit voyage en Allemagne et en Pologne, à l'époque des fêtes de Noël. Ce serait l'occasion pour tous les deux de décompresser un peu. Hélas – et ce n'était pas la première fois – mon frère m'a fait regretter de m'être embarqué dans cette aventure avec lui ! Un soir où nous ne parvenions pas à retrouver la voiture, et qu'il s'était beaucoup drogué, il m'a lancé son poing en pleine face ! Et le lendemain, comble de tout, il s'est montré très surpris de découvrir mon œil poché. Il était dans un tel état la veille qu'il avait complètement oublié qu'il m'avait frappé !

Vers le mois de janvier, fatigué d'entendre mes parents me demander à quel moment j'allais enfin reprendre un travail au lieu de passer mes journées chez eux, j'ai décidé de chercher un emploi. J'ai appelé un commercial en farine que je connaissais bien, et il m'a indiqué une boulangerie qui avait un poste à pourvoir. Je suis allé m'y présenter, et j'ai senti que ce lieu pouvait me convenir. Le patron était pâtissier, et il voulait un boulanger qui s'occupe du pain, et qui soit autonome. Ainsi, je savais que je ne l'aurais pas sur le dos toute la journée, puisque nous devions travailler dans des emplacements différents. Lui aussi, en discutant avec moi et découvrant que j'avais travaillé à mon compte, a compris que j'allais parfaitement faire l'affaire. Quand il m'a dit qu'il souhaitait m'engager, je lui ai demandé quel jour je devais débuter, et sa réponse ne s'est pas fait attendre… dès le lendemain ! J'aurais préféré avoir un peu plus de temps pour me préparer à ce changement, mais ce n'était plus possible. J'ai accepté, sans savoir que j'allais passer de très nombreuses années dans cette boulangerie… J'y ai débuté le 13 février 2009.

Une fois que j'ai eu en poche un poste de travail dans lequel j'allais rester très longtemps, la vie allait également m'offrir, six mois plus tard, les prémices d'une grande stabilité dans le domaine affectif. Après la séparation d'avec Ludivine, je m'étais inscrit sur des sites de rencontres avec une idée assez précise en tête : je voulais une femme qui soit plus mûre émotionnellement que ma première épouse, et en qui je puisse avoir confiance. Et le 13 juin 2009, j'ai connu celle dont j'allais tomber très amoureux, Théa.

Au départ, cependant, rien n'a été simple. Pour commencer, Théa résidait assez loin, à Chambéry, alors que je logeais dans un petit appartement à la campagne, juste à côté d'où je travaillais, à Cluses. Ensuite, elle était mère de deux enfants, avec lesquels elle vivait, ce qui compliquait les choses. Un autre élément pouvait aussi jouer contre nous, la différence d'âge. En effet, elle avait 15 ans de plus que moi. Je me souviens que, quand il l'a appris, mon père m'a vite conseillé de passer à autre chose, mais en ce qui me concerne, cet écart était loin de me déranger. J'aimais, justement, qu'elle soit plus mûre que moi.

Cependant, il restait un dernier obstacle à surmonter, et de tous, c'était celui-là qui était le plus difficile à gérer : Théa n'était pas trop partante, au début, pour une histoire sérieuse. En effet, elle était sortie depuis peu de sa relation précédente, et ce dont elle avait envie était principalement de rencontres sans pressions d'aucune sorte. Elle comptait bien profiter de la vie, et continuer à beaucoup sortir avec ses amies dans les bars et en boite, pour faire la fête. Je lui ai bien plu quand nous nous sommes rencontrés, mais cela était loin d'être suffisant pour faire battre son cœur, alors que le mien, lui, avait clairement fait son choix. J'ai donc dû beaucoup ramer, pendant plusieurs mois, et ai enchaîné de multiples aller-retour à Chambéry pour me retrouver souvent devant une porte qui refusait de s'ouvrir. Il a fallu plus d'un an pour que je parvienne à la faire changer d'avis à mon sujet !

Notre histoire est devenue sérieuse quand je lui ai proposé qu'on vive ensemble, en acceptant également d'avoir ses deux enfants à notre charge, en plus du mien les mercredis. En constatant que j'étais sérieux et prêt à m'engager, elle s'est dit que ça valait sans doute le coup de tenter quelque chose, et a bien voulu me rejoindre. Immédiatement, cependant, nous avons dû résoudre le problème du logement. Pour commencer, en rendant son appartement, Théa n'a jamais pu récupérer sa caution, à cause d'un propriétaire malhonnête. Et de mon côté, l'endroit où je vivais était trop petit pour notre famille recomposée. Je disposais de deux chambres seulement, et il nous en fallait plus. Nous avons donc cherché un logement en location suffisamment ample pour nous tous, et nous avons fini par en trouver un, toujours à la campagne et proche de mon travail.

Une fois l'emménagement réalisé, tout s'est assez bien passé, et un bon équilibre s'est installé. Les enfants s'entendaient bien, même si au début la fille de Théa et Sébastien se chamaillaient beaucoup. Au bout d'un moment, le fils de Théa, âgé de 13 ans, a décidé d'aller vivre chez son père, dans le sud-ouest de la France. Il était aisé de le comprendre, car pour un adolescent, la vie à la campagne n'a rien d'attirant. En revanche, la manière dont cela s'est déroulé n'était pas la meilleure. Le père et le fils se sont mis d'accord dans le dos de la mère, sans rien lui dire, et un jour elle a vu débarquer chez elle un huissier venant en représentation des affaires familiales pour lui annoncer que son fils avait décidé de partir. Quand il est arrivé de l'école, quelques heures plus tard, et que sa mère l'a interrogé à ce sujet, il a fondu en larmes. Après avoir pu bien en discuter, elle lui a pardonné, comprenant que, pour un adolescent, il était difficile de parler de ces choses-là, d'où sa maladresse. Mais elle en a par contre beaucoup voulu au père, qui lui était adulte, et qui, au lieu de tout expliquer directement, avait tout manigancé en secret. Ce n'était pas correct, et venait sans doute de sa rancœur pour avoir été quitté. Le fils, comme il l'avait décidé, est parti vivre sur la Côte Atlantique et a pris l'habitude de revenir régulièrement sur des périodes de vacances. Le nouvel équilibre a fini par convenir à tout le monde, même si, sous le coup du choc, Théa est tombée malade.

Le 11 juin 2011, un grand événement est venu sceller mon amour pour Théa, puisque nous sommes devenus époux. Ayant été mariés précédemment l'un comme l'autre, nous nous sommes contentés de la mairie et n'avons pas pu passer à l'église, mais nous étions très heureux d'officialiser notre union. Le gros point noir de la cérémonie, toutefois, a été l'absence de ma mère adoptive. Elle était opposée à ce mariage, et mon père, qui ne l'approuvait pas non plus, a été le seul à consentir l'effort de faire le déplacement. Marc, comme à son habitude, a mis son grain de sel dans ce qui devait être une fête, en me disant que j'étais fou de ne pas avoir signé de contrat de mariage. Dès le début, il n'a pas aimé Théa, mais j'y reviendrai plus tard parce que cela a fini par créer de gros problèmes...

Une fois mariés, avec Théa, nous avons voulu faire construire une maison, ce qui nous permettrait de nous y sentir totalement chez nous, et d'accueillir nos enfants en disposant de suffisamment d'espace pour chacun. À l'époque, cet investissement était possible pour nous grâce à l'existence du prêt à taux zéro. Nous avons acquis un terrain qui convenait parfaitement, car il était le plus grand de ceux disponibles tout près de mon travail, et nous avons alors recherché un promoteur, afin d'y bâtir la demeure de nos rêves : de style contemporain, avec des angles carrés, et toute en bois. Seulement, nous ne nous étions jamais lancés ni l'un ni l'autre auparavant dans un projet de ce genre, et il nous était difficile de prendre nos repères parmi tous les constructeurs potentiels. Nous avons donc cherché par internet, et trouvé une entreprise qui semblait faire l'affaire, et s'appelait AMJ constructions.

Hélas, notre manque d'expérience dans le domaine s'est vite transformé en un lourd handicap. Un œil plus expert que le nôtre, en effet, aurait remarqué que les photos de maisons qui étaient affichées sur le site étaient des modélisations en 3D, et pas des projets achevés. Cela aurait dû, avec le recul, nous rendre soupçonneux. Et d'autre part, quand nous nous sommes présentés à notre premier rendez-vous avec l'entreprise, nous n'avons pas eu la méfiance nécessaire en découvrant que la réunion se déroulerait dans une cave. Cela ne faisait pas très professionnel, et Théa a trouvé que c'était plutôt étrange. Mais ça ne nous a pas empêché d'accorder notre confiance à cette boite, et de signer le contrat. Avec le recul, cependant, il est facile d'avoir des regrets, et nous nous en sommes toujours voulu de ne pas avoir été plus soupçonneux, et de ne pas avoir effectué davantage de recherches. Si seulement nous avions décidé d'en savoir plus sur le passif de ce promoteur, par exemple, nous aurions découvert que le gérant ne cessait de créer des entreprises qui déposaient le bilan au bout de quelques mois, avant de réapparaître sous un autre nom... Il était loin d'être recommandable !

Les premiers problèmes sont survenus assez rapidement. D'abord, les travaux ont pris beaucoup de retard, parce que le bois qui devait être utilisé pour la construction venait de Roumanie, et qu'il tardait beaucoup à arriver. Une fois qu'il a été réceptionné et que les travaux ont débuté, hélas, c'est une surprise pire encore qui nous est tombée dessus : ce bois n'avait pas été traité et, dès qu'il s'est mis à pleuvoir, il a commencé à pourrir sur place, et de nombreux champignons s'y sont développés !

Ensuite, en discutant avec les ouvriers, nous avons découvert qu'ils étaient sous-traités par l'entreprise, et venaient tous, eux aussi, de Roumanie. Mais il y avait plus grave : le constructeur ne leur offrait aucun logement, et ne leur versait même pas leurs salaires ! Nous nous en sommes rendu compte un jour où, alors qu'il faisait très froid, ces ouvriers nous ont demandé si nous avions un endroit où les abriter. Ils nous ont ensuite tout expliqué, et notamment le fait que, jusque-là, c'est dehors qu'ils avaient passé toutes les nuits ! C'était horrible, et ça nous a beaucoup préoccupé et peiné.

Le pire, cependant, restait à venir. Après les fortes pluies, étant donné que le toit-terrasse n'était pas étanche et qu'aucune gouttière n'avait été installée, la bâtisse s'est retrouvée inondée. Le chantier, par conséquent, a été mis à l'arrêt assez longtemps, avec tout le bois qui pourrissait sur place. Tout ce qui avait été réalisé jusque-là devait être recommencé du début à la fin. Il fallait tout démolir pour tout reconstruire... mais rien ne bougeait. Quand je suis allé voir l'entrepreneur, avec mon père, pour lui demander des comptes et savoir comment il allait tout résoudre, celui-ci, au lieu de nous rassurer, nous a menacés. Il nous a affirmé que, si nous racontions à qui que ce soit les problèmes rencontrés sur ce chantier, il ne reprendrait jamais les travaux. Et cela sans parler du ton très dur avec lequel il nous parlait, nous traitant comme si nous étions des moins que rien.

Et quand un peu plus tard, nous nous sommes de nouveau inquiétés de voir que tout restait bloqué, et que nous avons voulu contacter à nouveau le constructeur, nous avons découvert qu'il venait de mettre les clés sous la porte ! Il avait déposé le bilan, et nous n'avions par conséquent plus aucun interlocuteur.

Nous nous sommes retrouvés dans une situation extrêmement problématique, immédiatement aggravée par une question financière bien épineuse : suite à tous ces retards et blocages, nous devions déjà rembourser les crédits, alors que nous ne disposions pas encore de notre maison, et qu'il nous fallait donc payer en sus le loyer de l'endroit où nous logions. Or, nos revenus étaient loin de nous permettre cela !

Pour trouver une solution, nous avons engagé un avocat, Maître Agostini. Le pauvre homme, hélas, était gravement malade, et il est vite décédé d'un cancer du poumon. Les mauvaises nouvelles s'accumulaient, et pendant ce temps notre situation matérielle empirait ! Nous n'avions clairement pas les moyens d'acquitter à la fois les remboursements du prêt et le loyer, et devions recourir à toutes les solutions possibles : d'abord demander à plusieurs reprises à mon père de nous prêter un peu d'argent, ce qui était humiliant, car ma mère n'était pas d'accord et me le reprochait. En plus de cela, régulièrement, nous avons dû faire l'aumône auprès de la mairie pour recevoir des aides sociales, et même nous rendre aux Restos du cœur pour avoir de quoi manger ! La première fois que nous y sommes allés, je me souviens que Théa pleurait à chaudes larmes, c'était terrible. Nous étions passés en peu de temps du rêve de vivre dans une grande et belle maison qui nous appartienne, à une lutte terrible pour survivre, dans une misère économique totale.

Pris à la gorge par cette situation qui paraissait insoluble, nous avons eu l'idée de postuler à l'émission de TF1, « Tous ensemble », dont le principe consistait à créer des réseaux de solidarité pour aider des personnes comme nous, sans argent, à terminer leur maison. Nous avons été sélectionnés parmi plusieurs candidats, mais dès le départ, nous avons observé quelques détails qui ne nous plaisaient pas beaucoup. Les producteurs de l'émission, et son animateur Arthur, cherchaient en permanence à tout dramatiser, dans le but de générer à notre propos un sentiment de pitié. D'une part, c'était incommodant, et d'autre part, cela nous forçait à accepter certains arrangements compliqués. Par exemple, ils nous imposaient la présence de nos enfants le jour du tournage, ce qui nous obligeait à les faire s'absenter de l'école, et à rapatrier spécialement pour l'occasion le fils de Théa, depuis la Côte Atlantique. Et au final, alors que tout semblait prêt, ils nous ont soudainement annoncé que tout était annulé ! Comme nous avions pris un avocat, cela les empêchait de porter eux-mêmes l'affaire en justice. Or, c'était leur pratique systématique dès qu'ils intervenaient auprès d'une famille, et il n'y avait pas d'exception envisageable. Tout est donc tombé à l'eau ! Avec le recul, ceci dit, il faut préciser que tous les matériaux qu'ils faisaient venir pour construire les maisons étaient de la pire qualité imaginable, et je ne sais pas si la nôtre aurait pu rester longtemps debout une fois l'émission enregistrée...

Depuis le début, nous enchaînions les problèmes avec cette construction. Mais ce n'était rien par rapport à ce qui s'est produit en mai 2013... Une nuit, tandis que j'étais de repos à la boulangerie et que je dormais tranquillement, avec Théa, nous avons été réveillés par un appel téléphonique. Étant donné que je ne connaissais pas le numéro de l'appelant, j'ai pensé à une blague quand l'homme qui était au bout du fil m'a appris qu'il était gendarme. Mais j'ai vite cessé de rire lorsqu'il m'a annoncé le motif de son appel : notre maison venait de brûler ! Là encore, toutefois, j'ai d'abord eu le réflexe de ne pas le croire. Notre construction, en effet, ne disposait même pas de raccordements électriques. Il était donc impossible qu'un incendie se soit déclaré, sans le moindre mauvais contact pour provoquer une étincelle.

Après avoir enfilé rapidement un jogging, nous sommes partis en voiture avec Théa pour rejoindre notre chantier, et effectivement tout était en flammes. Même les maisons les plus proches avaient commencé à brûler légèrement, et nous avons découvert qu'une des voisines était très en colère contre nous à cause de cela, car elle était persuadée que c'était nous qui avions déclenché intentionnellement l'incendie. Cette accusation nous a paru délirante, puisque nous n'avions absolument aucun intérêt à cela, d'autant plus que, dans l'attente de la reprise du chantier, nous avions emmagasiné là-bas quelques affaires, et notamment mes tenues militaires, auxquelles j'étais très attaché. Pourquoi aurions-nous voulu tout brûler ? Hélas, nous avons vite compris que les gendarmes, eux aussi, portaient leurs soupçons sur nous, et qu'il nous faudrait donc prouver que nous n'étions pas coupables !

L'expertise judiciaire, une fois réalisée, a conclu qu'il s'agissait effectivement d'un incendie criminel. Quatre points de feu distincts avaient été trouvés, ce qui ne laissait aucune place au doute. Quant à l'auteur du forfait, il semblait assez facile à désigner : l'incendie s'était déclaré à peine trois ou quatre jours avant le rendez-vous que nous avions avec un expert, dans le cadre de nos démarches contre le constructeur... Ce dernier, toutefois, s'en est bien sorti. Certes, les gendarmes ont rapidement cessé de nous considérer comme coupables potentiels, comprenant que c'était lui qui était probablement derrière tout cela, mais c'est à nous qu'ils ont demandé de chercher des preuves, au lieu d'enquêter eux-mêmes. Le monde à l'envers ! Nous étions évidemment dans l'incapacité de démontrer quoi que ce soit.

Hélas, le fait qu'il s'agisse d'un incendie criminel a provoqué, en cascade, un effet terrible pour nous. Les assurances, dans ces cas-là, refusent de prendre en charge quoi que ce soit. En plus de perdre notre bien, nous avons donc également dû renoncer à la moindre compensation, ce qui au vu de nos finances rendait impossible toute reconstruction. Il ne nous restait plus qu'à payer une entreprise pour déblayer le terrain et l'assainir. Tous nos sacrifices étaient anéantis, et nous avons été obligés, pendant cinq ans, de continuer à rembourser les frais intercalaires pour ce qui n'était rien d'autre qu'un terrain vague. Cette période, où nous avons survécu dans la misère, a été une vraie tragédie !

Pour ne rien arranger, nos espoirs d'obtenir en justice une compensation du constructeur pour les sommes perdues sont rapidement tombés à l'eau. Nous avons découvert qu'il nous avait fait signer, sans que nous nous rendions compte sur le moment de ce que cela impliquait, un papier par lequel nous renoncions à toute poursuite contre lui. À l'époque, en effet, nous avions cédé à son chantage : il nous menaçait de ne pas reprendre les travaux si nous ne signions pas ce papier... Nous avons été trop naïfs en acceptant, et cela s'est retourné contre nous !

Cette horrible expérience a pris fin au bout de cinq ans de galère, à une date facile à retenir, celle de l'anniversaire de Théa. C'est ce jour-là, un 26 janvier, que nous sommes parvenus enfin à revendre le terrain. Mon épouse était en larmes, et moi, je n'en étais pas loin non plus. Mais au moins, cela nous permettait de nous libérer des prêts et de pouvoir à nouveau respirer un peu d'un point de vue économique. Le cauchemar, désormais, était derrière nous.

Pendant toute cette période où nous étions empêtrés dans les problèmes liés à notre maison, j'ai continué de travailler pour le même employeur. Cela se passait plutôt bien au début, et j'étais content de l'autonomie dont je disposais, travaillant seul pour la partie boulangerie tandis que mon patron s'occupait de la pâtisserie. Au bout de cinq ans, cependant, ce dernier a décidé de vendre son fonds de commerce. Comme la loi l'y oblige, il a d'abord proposé à ses employés la reprise de la boutique, mais c'est une responsabilité que je ne pouvais pas prendre, car je n'en avais évidemment pas les moyens au cours de cette période compliquée.

Depuis quelques mois, par ailleurs, je souffrais un peu au travail, puisque ce patron avait eu l'idée d'accueillir son fils en apprentissage, comme boulanger, et que c'était à moi de le former. Or, ce garçon était tout à fait conscient de son pouvoir, étant le fils du patron, et il s'est vite montré peu coopératif. Nous savions tous deux que s'il parlait en de mauvais termes de moi à son père, je pouvais perdre mon poste… Une situation très désagréable s'est développée, dans laquelle je ne pouvais rien dire à mon apprenti, afin de ne pas risquer qu'il mette ses menaces à exécution et me fasse virer. Ayant un caractère me donnant une peur presque panique de tout conflit, et me poussant à me renfermer sur moi au lieu de réagir, je n'osais pas non plus expliquer cela à mon patron, et vivais très mal de me trouver ainsi en porte-àfaux entre le père et le fils. J'ai fini par me faire mettre en congés, pour maladie, pendant deux mois.

C'est à la fin de cette période de congé maladie que le nouveau propriétaire est arrivé. Mais avec lui, une nouvelle manière de travailler s'est mise en place, qui ne m'arrangeait pas du tout. Jusque-là, j'accomplissais de nombreuses heures supplémentaires, surtout la nuit et le dimanche, qui étaient bien rémunérées et me permettaient de bien arrondir les fins de mois. Mais du jour au lendemain, la boulangerie a cessé de nous demander ces heures supplémentaires, ce qui a eu pour conséquence de sérieusement réduire mon salaire. Cette perte de pouvoir d'achat, pour ne rien arranger, n'a été compensée par aucune augmentation. Sur les quinze années au total où je resterais employé là-bas, je n'allais être augmenté qu'une seule fois… et ce serait du temps de l'ancien patron. Avec le nouveau, ça n'arriverait tout simplement jamais !

Dès que ce dernier a pris les rênes de l'entreprise, par ailleurs, j'ai eu le sentiment de servir de « tête de Turc ». On me reprochait par exemple de perdre du temps, alors que j'arrivais avec une demi-heure d'avance (sans qu'elle soit payée), et ne prenais jamais de pause pour fumer ou manger quelque chose, au contraire de mes collègues. Toutefois, dès qu'on voulait nous blâmer de ne pas travailler assez activement, c'est seulement à moi qu'on s'en prenait, sans doute parce que j'étais moins rebelle que les autres. Au bout d'un moment, quand nous avons eu un ouvrier supplémentaire, j'ai donc décidé d'être moins généreux avec mes horaires, et me suis habitué à ne plus arriver qu'avec dix minutes d'avance. Et je me suis mis également à noter toutes les heures que je réalisais, afin qu'elles soient correctement payées, ce qu'on m'a immédiatement reproché. En dehors de cela, j'observais aussi que c'était toujours à moi qu'on réservait toutes les tâches ingrates, comme nettoyer les carreaux du four. En résumé, de tous les employés j'étais systématiquement celui qu'on traitait le plus mal.

Pour le reste, le nouveau patron a démontré être capable de très bien gérer sa boutique. La petite boulangerie dans laquelle nous n'étions que quatre au début (deux vendeuses, un pâtissier et un boulanger) a vite engagé davantage de monde. Sur la fin, nous avions cinq ou six personnes à la vente, deux ouvriers pâtissiers, deux apprentis pâtissiers, deux ouvriers boulangers et deux apprentis boulangers, en plus du patron. Les ventes du commerce avaient énormément augmenté, en quelques années !

Au bout d'un moment, cependant, j'ai compris qu'il était préférable de quitter cette boulangerie où on me payait peu, et où on me traitait mal. J'ai donc demandé une rupture conventionnelle du contrat, mais celle-ci, hélas, ne m'a pas été accordée. Or, je savais que, si je démissionnais, je n'aurais pas droit aux indemnités chômage, ce qui pouvait être très embêtant dans le cas où j'aie besoin de temps pour trouver un autre emploi.

Alors que je travaillais depuis douze ans dans cette boulangerie, une situation inédite s'est alors produite : nous venions d'engager un nouveau boulanger, pour faire équipe avec moi, mais il est très vite parti, ainsi que l'apprenti. Je me suis donc retrouvé seul avec le patron pour préparer le pain, et le comportement de ce dernier s'est soudain métamorphosé. Maintenant qu'il ne pouvait plus compter que sur moi, et que toute absence de ma part aurait été une immense catastrophe pour son commerce, il était particulièrement gentil. Il n'osait plus rien me dire, et se montrait à tout moment sympathique et cordial, ce qui m'a ôté toute envie d'aller voir ailleurs.

Cela, toutefois, n'a pas duré... À partir du moment où il a fini par trouver un nouvel ouvrier boulanger, il a repris les mêmes habitudes désagréables qu'il avait toujours maintenues à mon égard auparavant. Et cette fois-ci, je lui ai donc annoncé que j'allais démissionner. Mais c'était sans compter sur son opiniâtreté... Sa femme a immédiatement téléphoné à Théa pour discuter de cela, et l'a mise en garde : si je démissionnais, je n'aurais plus droit ni au chômage ni à la sécurité sociale, ce qui, selon elle, pouvait se révéler catastrophique. Avec cet appel, nos patrons ont bien réussi leur coup, puisqu'ils sont parvenus à nous rendre inquiets sur notre sort, et que nous avons finalement décidé qu'il était préférable que je ne quitte pas mon poste. J'ai continué à aller travailler là-bas avec la boule au ventre, car je ne prenais aucun plaisir à y passer de si nombreuses heures. L'envie de démissionner ne m'avait pas quitté, mais une succession de mauvaises nouvelles a compliqué notre vie, ce qui m'a obligé à repousser à plusieurs reprises cette décision.

À partir d'avril 2017, nous sommes entrés dans une période très difficile, Théa et moi, car la maladie s'est invitée avec une grande dureté dans la vie de nos proches, entraînant chaque fois des conséquences fatales.

La première à nous quitter a été la maman de Théa. Suite à un cancer du sein qui s'était généralisé et avait développé des métastases dans tout le corps, elle a succombé à une embolie pulmonaire, le 21 avril 2017. Elle s'étouffait, et les services de l'hôpital lui ont injecté un produit pour qu'elle puisse disparaître sans souffrance inutile. Elle était alors âgée de 83 ans, et elle avait donc pu mener une existence bien remplie, mais c'était une bien maigre consolation, puisque le décès d'une mère est toujours une épreuve particulièrement difficile. Plus éprouvant encore, Théa n'a pas eu le temps d'accourir à son chevet, car l'hôpital ne l'a appelée qu'une fois que tout était terminé, sans la prévenir auparavant que sa mère entrait dans ses dernières heures de vie.

Hélas, l'enterrement lui non plus n'a pas été des plus simples à endurer. Une fois arrivée à Bordeaux, où résidait et s'était éteinte sa mère, Théa a dû tout organiser avec ses deux sœurs. De mon côté, je n'ai pas pu l'accompagner, car je devais continuer à travailler, et mon employeur ne m'avait pas accordé le moindre jour de congé. De plus, nous n'avions pas les moyens à cette époque de payer deux billets d'avion pour Bordeaux. Dans tous les cas, la durée qu'ont pris les préparatifs m'aurait empêché de rester jusqu'au jour de l'inhumation. Du fait qu'il était difficile de trouver un rabbin (la mère de Théa était juive), le corps a dû être conservé pendant quinze jours avant que la cérémonie d'enterrement ait lieu ! Bien sûr, après une si longue attente, la chair commençait à se décomposer, ce qui était particulièrement dur à observer. Il a fallu beaucoup de maquillage – par ailleurs très mal réalisé par les professionnels qui s'en sont occupés – pour masquer autant que possible cette détérioration.

La mère de Théa a été enterrée en respectant la coutume juive, notamment celle des trois jours de prière et de l'absence de fleurs, mais sans toutefois suivre celle qui indiquait qu'elle aurait dû être nue. Ces traditions, également, impliquent qu'on ne doive pas inviter énormément de monde à cette cérémonie. C'est donc auprès d'une dizaine de personnes que celle-ci a eu lieu, ce qui malgré tout n'a pas été facile à organiser, puisque certaines amies de la défunte étaient handicapées et qu'il fallait trouver les moyens d'aller les chercher. Le fils de Théa, lui, n'a pas daigné se présenter, ce qui l'a beaucoup peinée, car elle aurait aimé qu'il puisse dire ainsi adieu à sa grand-mère, d'autant plus qu'il vivait tout près. Sa fille n'a pas pu faire le déplacement elle non plus. Dans son cas, cependant, elle vivait loin et avait des obligations scolaires.

Sans que nous ayons le temps de nous remettre de ce décès, c'est la santé de mon père qui s'est mise à fortement décliner. Lui aussi a été atteint d'un cancer, cette fois-ci touchant plusieurs organes, et dans son cas tout s'est enchaîné très vite. Son état s'est soudain aggravé, et un jour il a été emmené d'urgence à l'hôpital. J'en ai alors énormément voulu à mon frère, car il a attendu bien trop longtemps pour me prévenir. Et quand il a jugé bon de prendre son téléphone, ça a été pour m'avertir : « Ça ne sert à rien de venir à l'hôpital, papa est déjà décédé. » Ce n'est qu'une fois qu'il se trouvait aux pompes funèbres que j'ai pu voir enfin le corps. J'étais extrêmement triste de ne pas avoir eu le temps de dire adieu à celui qui m'avait adopté, et s'était toujours très bien occupé de moi.

Cette disparition a été très dure à accepter, d'autant plus que depuis plusieurs mois ou années, je m'étais habitué à souvent parler avec mon père. Il nous avait beaucoup soutenu – pas seulement économiquement, mais dès que nous avions besoin de la moindre aide –, notamment quand nous avions nos problèmes avec la maison, et depuis nous étions très proches. Je me souviens très bien que, le jour où il est parti, j'ai même refusé pendant un certain temps d'y croire. Certes, je savais qu'il était gravement malade, cependant je ne pouvais pas concevoir qu'il ne soit déjà plus de ce monde. Je refusais d'assimiler cette information.

Après son départ, par réflexe, je me suis beaucoup rapproché de ma mère, que je me suis mis à appeler tous les jours. Je cherchais sans doute en elle une présence à même de compenser cette lourde absence. Je lui disais souvent à quel point mon père me manquait, et nous parlions beaucoup ensemble. Il faut dire que je sentais un grand besoin de ces conversations, pour apaiser ma douleur.

Je n'imaginais pas, à cette époque, que cette mauvaise

série dans laquelle nous étions plongés devrait bientôt faire une nouvelle victime. Et pourtant, trois ans plus tard, en 2021, c'est ma mère qui a été atteinte elle aussi d'un cancer. Celui-ci s'était déclaré dans le vagin et la vessie, et lui a provoqué, malheureusement, de grandes souffrances. Dès le début, elle a demandé aux médecins de ne jamais s'acharner sur elle, et a refusé de suivre tout traitement de chimiothérapie. Sa seule préoccupation était de ne pas souffrir, et heureusement, une cousine infirmière qui travaillait à l'hôpital a pu prendre soin d'elle et lui administrer de la morphine, afin qu'elle disparaisse sans douleur.

Cette fois-ci, je n'avais plus personne à qui parler dans ma famille, et je me suis senti très seul. Théa, à mes côtés, avait la chance de bien s'entendre avec ses sœurs, et elles se sont toujours téléphonées très régulièrement, presque tous les jours. Mais en ce qui me concerne, il était impensable de maintenir un tel lien avec mon frère, Marc, avec qui les relations ont été de plus en plus compliquées une fois nos parents disparus. J'y reviendrai un peu plus tard…

Une fois ma mère disparue, il nous a fallu avec Marc vendre la maison familiale. J'avais envie de la mettre dans plusieurs agences, mais lui a préféré qu'on la confie à un ami d'école à lui, qui travaillait dans l'immobilier. C'était une demeure assez grande, de cinq pièces et avec un bon terrain, mais il nous a conseillé de la proposer à un prix qui m'a paru assez bas. C'est sans doute cela qui a poussé la mairie à nous l'acheter directement, en la préemptant, afin d'y réaliser quelques travaux et tenter de la vendre ultérieurement bien plus cher. Nous aurions donc sans doute pu gagner davantage avec ce bien, toutefois la vente a été une bonne nouvelle pour Théa et moi. Grâce à cet argent, il nous devenait possible d'acheter enfin une maison, en ne demandant qu'un très court prêt – sept ans – à la banque.

Quand nous avons commencé à chercher ce nouvel endroit où aller vivre, la fille de Théa a elle-même trouvé pour nous ce qui semblait être une propriété intéressante. À l'époque, elle sortait avec un garçon qui vivait à dix kilomètres de chez nous, dans un petit village, et elle avait bien envie de se rapprocher de lui. Quand elle a vu qu'un bien était en vente à quelques encablures de chez son copain, elle nous a donc immédiatement avertis. Et le fait est qu'en le visitant, Théa est tombée sous le charme : la maison était en très bon état, avec un beau terrain, et elle correspondait parfaitement à nos attentes. Elle offrait même quelques atouts qui allaient au-delà de nos désirs, comme une salle de bains attenante à la chambre, sur le modèle d'une suite. Et pour ne rien gâcher, elle donnait sur un joli étang, avec une très belle vue. Elle était située dans un petit bourg, pas forcément très vivant, mais il s'agissait sans conteste d'une bonne opportunité.

Contrairement à notre première expérience d'achat de terrain, nous n'avions pas de construction à entreprendre, ce qui nous permettait de ne pas trop stresser. Une fois la maison acquise en avril 2022, cependant, nous avons tout de même dû y réaliser différents travaux, qui nous paraissaient importants. Nous avons ainsi fait installer un portail électrique, un abri de jardin, une clôture et la climatisation. Ce n'était pas rien, mais tout s'est déroulé sans problème.

Toutefois, si un aménagement nous a semblé primordial, il s'agissait d'un système de vidéo-surveillance, aussi bien à l'extérieur qu'à l'intérieur. Car depuis quelque temps, en effet, les relations avec Marc s'étaient tellement détériorées qu'il nous semblait prioritaire de nous protéger de ses éventuels coups de folie...

C'est peu après le décès de notre mère que mes rapports avec Marc se sont envenimés. Certes, nous ne nous étions jamais très bien entendus, et dès le début j'avais appris à me méfier de ce frère qui n'éprouvait aucun scrupule, quand j'étais encore tout petit, lorsqu'il s'agissait de me racketter. Le seul moment où nous avions été un peu proches avait été celui de notre voyage en Allemagne et Pologne, mais ce n'avait été qu'une exception favorisée par le fait que nous venions tous deux de nous séparer de nos compagnes, et que nous nous sentions seuls. Et si nous avions voyagé ensemble pour décompresser, cela ne m'avait pas empêché de recevoir un bon coup de poing de sa part... Nos relations, donc, n'avaient jamais été marquées par une grande proximité...

Après le décès de notre mère, ses manières vis-à-vis de moi sont devenues de plus en plus abruptes et désagréables. Au début, il a commencé à me reprocher de ne pas m'efforcer suffisamment pour prendre soin de la maison familiale – couper le gazon, etc. – alors que, pourtant, j'étais de loin celui qui s'impliquait le plus. S'il s'était contenté de se montrer grognon, les conséquences n'auraient pas été trop importantes. Hélas, ses propos sont devenus véritablement agressifs. Il ne se contentait plus de me réprimander, et semblait tenir à se montrer le plus insultant possible.

Quand la situation entre nous a commencé à se

dégrader ainsi, j'ai su tout de suite que ce n'était pas uniquement par rapport à moi qu'il était en colère, car il s'emportait exactement de la même façon envers différents membres de la famille et voisins. Et il n'était pas difficile non plus de deviner ce qui donnait tant de force à cette aigreur et cette violence qu'il manifestait en permanence : d'une part, même s'il était plutôt coureur, cela faisait longtemps qu'il ne vivait plus en couple, et d'autre part sa consommation d'alcool et de drogue était très excessive. D'ailleurs, j'ai vite remarqué que, lorsqu'il m'envoyait des messages hargneux ou menaçants, c'était le plus souvent après 23 h, ou au milieu de la nuit, à des moments sans doute où il avait beaucoup consommé une substance ou l'autre…

Rapidement, son comportement est devenu de plus en plus problématique, et pas seulement pour moi. Mon fils Sébastien, par exemple, s'est senti obligé de lui donner un coup de main dont il se serait bien passé. Il était paysagiste, et son oncle en a donc profité pour lui demander de planter pour lui plusieurs rangs de cannabis ! Quand j'ai tenté de dissuader Sébastien, il m'a bien fait comprendre pourquoi il sentait qu'il n'avait d'autre choix que réaliser ce qui lui était demandé. En effet, il m'a affirmé qu'il avait peur de Marc, et qu'il préférait lui obéir plutôt que prendre le risque de l'énerver, tant il pouvait se montrer violent. C'est triste, mais sur le moment j'ai tout à fait compris le raisonnement de mon fils : mieux valait ne pas trop fâcher un individu capable de tout, et surtout du pire…

Bientôt, ce sont la plupart des membres de la famille,

ainsi que des voisins agriculteurs, qui ont reçu à leur tour des menaces. Il les harcelait et les menaçait avec une telle virulence qu'ils ont tous fini, les uns après les autres, par aller porter plainte à la gendarmerie. Et tous étaient d'autant plus effrayés qu'il leur annonçait, à travers les messages qu'il leur envoyait, qu'il s'était procuré des armes sur le dark web !

De mon côté, j'ai moi aussi fait les frais de sa rage, qui est devenue de plus en plus incontrôlable. D'ailleurs, ce n'est pas seulement à moi qu'il s'en prenait, mais également à Théa. Régulièrement, il lui envoyait de très longs SMS semés d'insultes ignobles : « Pute », « salope », « travelo » et même « sosie de Jean-Paul Belmondo » ! Et le jour où il l'a menacée de mort – « Si je te croise, je te tue ! » – et l'a traitée de « salopette de juive », elle a décidé qu'on ne pouvait plus rester sans réagir. Elle a alors su me convaincre qu'il était devenu nécessaire d'aller porter plainte, en m'affirmant que sinon, elle n'hésiterait pas à me quitter. Ça n'a pas été facile, car j'avais très peur de la réaction de mon frère, mais je savais que mon épouse avait raison, et j'ai accepté que de me rendre à la gendarmerie avec elle.

Nous avions l'espoir que cela pourrait calmer la rage de Marc, mais ça n'a pas du tout été le cas. En juin, j'ai reçu un appel de ma cousine, affolée. Elle venait de porter plainte contre lui, car il avait menacé son fils de l'enterrer dans une tombe avec lui, après s'être suicidé. Il semblait devenu totalement fou et incontrôlable !

Tout est allé tellement loin que les gendarmes ont mis les grands moyens au moment d'aller le chercher chez lui. Ils jugeaient en effet qu'il était devenu trop dangereux, et qu'il fallait l'arrêter. Or, sachant qu'il disposait de plusieurs armes, ils ont préféré mettre toutes les chances de leur côté. Comme dans un film, c'est en encerclant toute la commune et en envoyant des snipers qu'ils sont intervenus. Puis ils lui ont donné l'ordre de sortir de sa maison, et il a accepté de se rendre, les mains sur la tête et sans se munir d'aucune de ses armes. Cette affaire, bien entendu, a provoqué beaucoup de bruit et a eu les honneurs de la presse régionale, le lendemain. Une fois devant le juge, toutefois, il s'en est beaucoup mieux tiré que ce que j'imaginais. Il n'a été condamné qu'à une amende d'un euro symbolique et à un an de travaux d'intérêt général, le tout assorti d'une interdiction de s'approcher à moins de 300 mètres des personnes qu'il avait menacées. Après la terreur qu'il avait infligée à tout le monde autour de lui, et en possédant illégalement plusieurs armes, je trouve qu'il s'en est très bien tiré !

En parallèle à cette triste affaire à propos de mon frère, ma situation professionnelle a évolué elle aussi. Une fois que nous avons pu emménager avec Théa dans notre nouvelle maison, dont nous étions propriétaires, certaines de mes craintes à l'idée de démissionner se sont progressivement évanouies. Longtemps, en effet, j'avais trop peur de me retrouver sans emploi, et surtout sans le moindre droit au chômage. En ayant un loyer à payer chaque mois, cela me paraissait constituer un risque trop important. Désormais, avec un toit qui nous appartienne et un prêt peu onéreux à rembourser, je me suis senti plus sûr de moi. Pendant quinze ans dans la même boulangerie, j'avais beaucoup subi, et j'étais fatigué de devoir supporter les humeurs du patron, mais également de voir qu'on me confiait systématiquement toutes les tâches ingrates et qu'on ne m'augmentait jamais. Ça avait trop duré.

Le 31 août 2024, j'ai franchi un grand pas en apportant ma démission à ce patron qui ne m'avait jamais traité correctement. Ayant un CDI, j'étais conscient que je n'obtiendrais aucune indemnité, ce qui d'ailleurs m'a toujours paru injuste. Un salarié en CDD peut s'inscrire à pôle emploi après quelques mois, tandis qu'un autre qui est en CDI et doit subir des conditions de travail déplorables n'a aucune aide pour s'en sortir, même après de nombreuses années. En ce qui me concerne, toutefois, j'ai décidé que ma santé mentale était trop importante, et qu'il était devenu urgent de ne plus passer mes journées dans de telles conditions.

Quelques mois ont passé après cette décision, et je ne m'en suis jamais repenti. Disposant d'un peu d'économies, j'ai décidé de profiter de me retrouver sans emploi pour prendre une année sabbatique. J'éprouvais un tel besoin de souffler que c'était probablement le meilleur choix possible ! Depuis, j'utilise ce temps libre pour jouer au scrabble avec Théa et m'occuper de mon jardin. Je me sens enfin calme et serein, après une vie qui jusque-là, il faut bien le dire, a été bien mouvementée et m'en a beaucoup fait baver.
Mais ce à quoi je consacre le plus de temps et d'attention désormais est l'écriture. Le livre que vous tenez entre les mains, et grâce auquel je partage avec vous les soubresauts de l'existence que j'ai menée jusque-là, est mon véritable projet, au cours de cette année sabbatique. Écrire me permet de me libérer de tous les poids que j'ai dû subir, et de retrouver l'estime de moi que certaines personnes qui ont croisé mon chemin ont tout fait pour détruire. À plusieurs reprises, d'ailleurs, elles ont été proches d'y parvenir, mais je sens en terminant ce livre que je suis maintenant davantage maître de mon destin. J'assume pleinement mon passé, au point de le rendre public, et cela m'aide à me projeter enfin vers l'avenir. En démissionnant et en me lançant dans l'écriture, j'ai jeté les bases d'une nouvelle étape de mon parcours. Je ne sais évidemment pas ce que l'avenir me réserve, mais je me sens plus fort pour l'affronter avec tranquillité, et je crois bien qu'à partir de maintenant, c'est le meilleur qui

m'attend !

Postface

Au moment où je terminais l'écriture de ce livre, un étrange hasard du destin s'est produit. Ma mère biologique, que j'avais si peu connue, s'est éteinte. Je dois dire que cette nouvelle, quand je l'ai apprise, m'a beaucoup touché. J'avais très peu partagé avec cette femme, et pourtant c'est elle qui m'avait mise au monde. Cela, qu'on le veuille ou non, crée un lien fort entre nous. Lors de l'enterrement, nous avons tous été réunis, et j'ai été heureux de pouvoir partager ces moments intenses avec ma sœur et mon frère de sang.

Pour rendre hommage à ma mère biologique, je retranscris ici les deux textes, très émouvants, qui ont été lus lors de cette cérémonie.

« *Julia, que l'on a toujours appelée Lucie, est née dans une fratrie de quatre enfants.*

Sa maman s'occupait de ses enfants et de la maison. Avec son papa, ouvrier tuyauteur-soudeur, ils ont sillonné la France pendant 19 ans pour des raisons professionnelles.

Lucie est devenue une très belle femme. On disait d'elle qu'elle ressemblait à une star de cinéma.

A 22 ans, elle devient « fille mère » et donne naissance à une petite fille, qu'elle prénomme Sheila, en hommage à sa chanteuse préférée.

Jeune maman, elle rencontre beaucoup de difficultés à gérer seule sa vie.

Elle est alors soutenue par sa sœur, Marguerite.

Au fil du temps, sa santé mentale se dégrade.

Elle intègre le centre hospitalier psychiatrique de Cluses.

C'est là qu'elle rencontre Patrick, qui deviendra son mari en août 1975.

Ensemble, ils auront deux garçons: Johnny né en 1976. Il sera élevé par ses grands-parents paternels, Judith et Marcel.

Puis Christophe, né en 1978, placé dès sa naissance en pouponnière, en famille d'accueil et ensuite adopté.

Tout au long de ces années, Lucie peut compter sur le soutien indéfectible de sa maman.

Elle a toujours conservé une grande part d'insouciance, une liberté d'esprit rare, et ne se préoccupait guère des convenances ou de ce que les gens pouvaient penser d'elle.

Elle est restée longtemps fidèle à un rituel bien à elle : Parcourir la route de Cluses à Taninges, à pied à côté de son vélo, chargée de paquets de linge qu'elle allait déposer chez ses parents.

En 1993, sa fille Sheila, constatant la dégradation de la situation de ses grands-parents ainsi que de celle de sa mère, décide de prendre les choses en main.

Elle devient la curatrice de Lucie et met en place une prise en charge complète.

Grâce à cette nouvelle protection sociale, Lucie intègre le foyer de vie "Les Peupliers"

Elle y restera de 1993 à 2017. Elle y trouve enfin une forme de stabilité, d'équilibre, et bénéficie d'un encadrement bienveillant.

Elle participe à des activités manuelles, sportives et même à quelques vacances. Elle est d'ailleurs très fière de gagner quelques coupes au bowling!

En 2017, elle exprime le souhait de se rapprocher de sa fille et intègre l'EHPAD d'Annemasse, où elle résidera jusqu'au 1er mai 2025.

Au cours des derniers mois, sa santé psychologique et physique s'est fortement dégradée, mais elle a apprécié de pouvoir voir plus régulièrement sa fille et son fils Johnny.

Lucie a vécu une deuxième partie de vie plus douce, plus entourée,

Mais elle a décidé, dans une paix retrouvée, de rejoindre ses parents, fatiguée par une existence marquée par les épreuves, mais aussi par la liberté, l'amour et la résilience.

Enfin, il faut dire que tout au long de sa vie, Lucie s'est beaucoup appuyée sur sa foi en Dieu.

Cette croyance l'a portée, apaisée, et lui a permis de mieux traverser les moments difficiles. »

Hommage lu par Karine, le 7 mai 2025 en l'église de Taninges.

« Maman,
Ou peut-être devrais-je dire simplement ton prénom,
Car, pour moi, « maman » n'a jamais été un mot facile à dire
Tu ne m'as pas désirée.
Je l'ai su et je l'ai senti, très tôt.
Malgré cela, tu m'as aimée
À ta façon, dans ton monde,
Avec tes silences et tes absences.
Tu étais dans un univers à part,
Un monde que peu de gens comprenaient vraiment.
Un monde fait de solitude, de souvenirs et d'émotions contenues.
Et moi, je t'observais, souvent sans savoir comment

t'atteindre.

Je n'ai pas toujours su t'aimer comme une fille devrait aimer sa mère.

Je l'avoue avec pudeur et vérité.

C'était compliqué, déroutant, parfois douloureux.

Mais j'ai tout fait pour être là, à ma manière.

Je t'ai soutenue, j'ai veillé à ce que tout soit fait correctement pour toi, pour que ta vie soit plus douce.

Mais peut-être pas assez tendrement.

Tu méritais plus, sans doute.

Mais tu savais que j'étais là.

Et que dans ce lien imparfait,

Il y avait de l'amour, même s'il n'était pas simple à exprimer.

Aujourd'hui, je te dis au revoir.

Et je te dis surtout merci.

Merci d'avoir été, malgré tout.

Merci d'avoir été toi.

Et oui, je peux enfin te dire : Au revoir MAMAN »

Hommage lu par Sheila, le 7 mai 2025 en l'église de Taninges.

Ma mère biologique

Ma mère biologique, emmenant son linge

Moi, bébé, en pyjama orange

Chez ma nourrice

Arrivée chez mes parents d'adoption

Mon baptême

Mon père adoptif, à SIDI BEL ABBÈS, Algérie, en 1961

Au camping

Mon départ pour l'armée

Marine nationale

AVISO CDT L'HERMINIER

Boulanger sur le bateau

Chef cuisinier sur le bateau

En escale en Norvège, en civil

En sauvetage en mer

Sur le bateau

En pompier

Ma future femme

Le père de ma femme

Ma femme, à 4 ans

Notre maison, après l'incendie

La vue depuis notre village

Pour tout contact avec l'auteur de ce livre :

enricocouedelo@gmail.com